PUMP PRYSUR

PUMP
MEWN
PENBLETH

PUMP PRYSUR

Twm   Ani   Dic   Siôn   Jo

Y fersiwn Saesneg
Hawlfraint y testun © Hodder & Stoughton, 1956
Hawlfraint yr arlunwaith © Hodder & Stoughton, 2014
Mae llofnod Enid Blyton yn nod masnach sydd wedi'i gofrestru gan Hodder & Stoughton Cyf
Mae'r testun hwn yn dalfyriad o destun a gyhoeddwyd gyntaf yn nhrydydd rhifyn Cylchgrawn
Blynyddol Enid Blyton yn 1956. Wedi'i gyhoeddi gyntaf yn yr argraffiad hwn ym Mhrydain
Fawr gan Lyfrau Plant Hodder yn 2014.

Mae hawliau Enid Blyton a Jamie Littler wedi'u cydnabod fel Awdur a Dylunydd y gwaith hwn.
Mae eu hawliau wedi'u datgan dan Ddeddf Hawlfreintiau, Dyluniadau a Phatentau 1988.

Y fersiwn Cymraeg
Y cyhoeddiad Cymraeg © Atebol Cyfyngedig, Adeiladau'r Fagwyr, Llanfihangel Genau'r Glyn,
Aberystwyth, Ceredigion SY24 5AQ
Cyhoeddwyd gan Atebol Cyfyngedig yn 2015
Addaswyd i'r Gymraeg gan Manon Steffan Ros
Dyluniwyd gan Owain Hammonds
Golygwyd gan Adran Olygyddol Cyngor Llyfrau Cymru

www.atebol.com

Enid Blyton

PUMP PRYSUR

PUMP MEWN PENBLETH

Addasiad Cymraeg gan **Manon Steffan Ros**
Arlunwaith gan **Jamie Littler**

@ebol

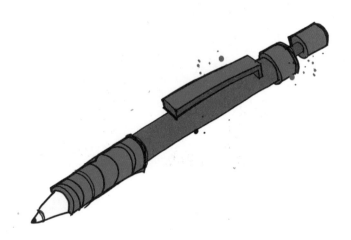

CYNNWYS

Pennod 1   7

Pennod 2   13

Pennod 3   19

Pennod 4   27

Pennod 5   33

Pennod 6   41

Pennod 7   53

Pennod 8   63

Pennod 9   71

PENNOD UN

Roedd hi bron yn hanner nos ym Mwthyn Curig, a phobman yn dawel ac yn dywyll.

'Jo druan,' meddai Ani. 'Diolch byth dy fod ti'n mynd at y **deintydd** 'fory!'

'Paid â f'atgoffa i!' meddai Jo, wrth gamu i fyny ac i lawr y stafell wely. 'Dos i gysgu, Ani – do'n i ddim eisiau dy ddeffro di.'

Aeth Jo at y ffenest ac **edrych allan** dros **Fae Curig.** Neidiodd Twm oddi ar y gwely a safodd yn ei hymyl, ei bawennau ar sil y ffenest. Yna, safodd Jo yn stond a chraffu. Syllodd dros y bae, a galw ar Ani.

'Ani, **deffra!** Sbia ar hyn! Mae 'na **olau'n** disgleirio ar **Ynys Curig. Mae rhywun yna – ar *fy ynys i*!'**

Cododd Ani ar ei heistedd yn flinedig. 'Be sy'n bod, Jo? Be ddwedaist ti?'

'**Mae 'na olau ar Ynys Curig!** Mae'n rhaid bod **rhywun** yna – **heb ganiatâd!** Dwi am nôl **fy nghwch** a **rhwyfo draw yno'n syth bin!'**

Roedd Jo'n **gandryll,** a **chwyrnodd** Twm yn flin. Roedd o'n barod iawn i fynd i'r ynys gyda Jo!

Brysiodd Jo i stafell Siôn a Dic, ac ysgwyd y bechgyn er mwyn eu deffro. '**Deffrwch!**

Mae 'na rywbeth yn digwydd ar Ynys Curig.
Deffra, Siôn!'

Roedd llais Jo'n ddigon uchel i ddeffro'r bechgyn – a'i thad, hefyd. Brysiodd pawb i stafell yr hogiau. 'Be ar wyneb y ddaear ydi'r holl dwrw yma?' bloeddiodd tad Jo.

'Mae 'na olau ar Ynys Curig,' atebodd Jo. 'Dwi'n mynd i weld pwy sy 'na, ac mae Twm yn

dod hefyd. Os nad oes unrhyw un arall eisiau dod, mi awn ni ar ein pennau ein hunain.'

'Na wnei di, wir!' dwrdiodd ei thad yn wyllt gacwn. **'Dos yn ôl i'r gwely!** Gei di fynd yno **fory.'**

'Fedra i ddim!' llefodd Jo. 'Mae'n rhaid i mi fynd at y deintydd fory, felly **rhaid i mi fynd** i'r ynys **heno!'**

'Callia, Jo!' meddai Siôn. 'Mi fydd pwy bynnag sydd ar yr ynys yn dal yno fory. Beth bynnag, wela i ddim golau yna rŵan – mae'n siŵr mai dychmygu pethau wyt ti.'

PENNOD
DAU

'Jo druan,' meddai Ani wrth i'r car ddiflannu i lawr y lôn. 'Mae hi'n cynhyrfu'n ofnadwy am bob dim.'

'Wel, mae'n hawdd cynhyrfu pan wyt ti'n dioddef o'r ddannodd,' atebodd Siôn.

Syllodd allan dros Fae Curig, oedd mor las â chlychau'r gog y bore hwnnw. 'Tybed a welodd Jo olau ar yr ynys neithiwr go iawn? Welaist ti o, Ani?'

'Naddo, roedd hi fel y fagddu yno,' atebodd Ani. 'Dwi bron yn siŵr mai **breuddwydio'r** cyfan wnaeth Jo! Ond mi gaiff hi fynd yno yn ei chwch pnawn 'ma, ac mi awn ninnau efo hi **i gael golwg iawn ar y lle.'**

'Wn i,' awgrymodd Dic, 'be am i ni'n **tri** fynd â'r **cwch** i'r **ynys** bore 'ma, a phan welwn ni fod neb yno heblaw'r cwningod a'r brain, mi gawn ni ddweud wrth Jo, **a bydd hi'n rhoi'r gorau i boeni!'**

'**Grêt!**' cytunodd Siôn. 'Waeth i ni fynd yn **syth bin!** Bydd Yncl Carwyn yn falch o gael ein gwared ni – mae o'n gweithio'n galed heddiw.'

Aeth y tri i'r traeth i nôl **cwch Jo.** Dacw fo, **yn eu disgwyl!** Syllodd Siôn dros y dŵr ar Ynys Curig, oedd yn dawel a llonydd. Roedd o'n **sicr nad oedd unrhyw** un yno.

'Mi wnawn ni rwyfo o amgylch yr ynys a gweld a oes 'na gwch ar un o'r traethau,' meddai Dic, gan godi'r rhwyfau. 'Os nad oes, byddwn ni'n gwybod bod neb ar yr ynys – wedi'r cyfan, mae'n rhy bell i nofio yno. **I ffwrdd â ni!'**

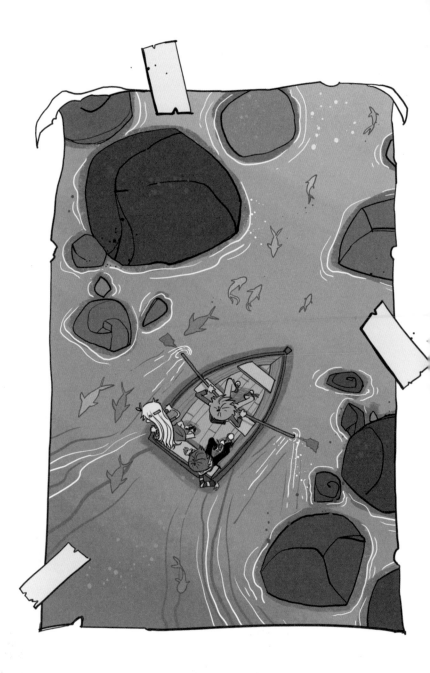

PENNOD TRI

Rhwyfodd Dic yn ofalus rhwng y creigiau oedd yn amgylchynu'r ynys. 'Mi wnawn ni fynd i'r lan ar ein traeth bach arferol,' meddai. 'Byddai neb yn gwybod sut i gyrraedd fanno heblaw eu bod nhw'n **nabod** yr ynys **yn dda!**'

    'Mae'r dŵr mor glir â gwydr,' sylwodd Ani. 'Mi fedra i weld gwely'r môr.' Neidiodd i'r dŵr bas a helpu'r bechgyn i dynnu'r cwch i'r lan.

Cerddodd y tri at **adfail** yr **hen gastell** oedd wedi'i adeiladu ar yr ynys flynyddoedd maith yn ôl. Daeth y brain i lawr o'r tŵr gan grawcian yn gyfeillgar.

'Wel, dydw i ddim yn meddwl fod 'na unrhyw un wedi bod yma,' meddai Siôn gan syllu o'i gwmpas.

Aeth y tri i archwilio'r adfail yn fanwl, ond doedd **dim arwydd** fod unrhyw un wedi cynnau tân yno. Er iddyn nhw chwilio a chwalu, doedd dim byd yno allai ddatrys dirgelwch y golau roedd Jo'n taeru iddi ei weld y noson cynt.

Tynnodd Ani ei sandalau, a'u rhoi nhw'n **ddiogel ar graig fawr,** cyn rhedeg at y dŵr.

Cyn hir, dychwelodd Dic a Siôn ati, ar ôl bod yn crwydro ac yn chwilio am unrhyw beth anarferol. **'Does 'na'r un enaid byw wedi bod yma,'** nododd Dic. 'Gwell i ni fynd adref. Efallai fydd Jo wedi cyrraedd yn ôl erbyn hyn.'

'Mi af i nôl fy sandalau,' meddai Ani, gan sychu ei thraed yn y tywod cynnes. Brysiodd at y graig fawr. Stopiodd a syllu mewn syndod. **'Dim ond un** sandal sydd yma! Dic a Siôn – ydych chi wedi cuddio'r llall?'

'Sandalau? Na, doedden ni ddim yn gwybod dy fod wedi'u tynnu nhw,' eglurodd Siôn. 'Mae **un** ar y graig, sbia –rhaid bod y llall yn agos.'

Ond doedd dim sôn amdani.

'Wel, **bobol annwyl!**' meddai Ani mewn syndod. 'Dwi'n hollol sicr 'mod i wedi gadael y ddwy ar y graig. **Pwy** fyddai'n dwyn un sandal?'

'Efallai fod cwningen wedi mynd â hi,' chwarddodd Dic. 'Neu frân – mae'r brain yn rhai drygionus, cofia!'

'Mae sandal yn **rhy drwm** i frân **ei chodi!**' meddai Ani. 'A fedra i ddim dychmygu cwningen yn dwyn un, chwaith!'

'Wel, mae hi wedi mynd,' dywedodd Dic, gan feddwl yn siŵr fod Ani wedi anghofio lle roedd hi wedi gadael y sandal arall. Chwiliodd pawb amdani, ond doedd dim golwg ohoni'n unman. **DYNA RYFEDD!**

PENNOD PEDWAR

Cyn hir, roedd y tri yn ôl yn y cwch, a phawb yn rhwyfo yn eu tro. Ar ôl llywio'r cwch yn ofalus o gwmpas y creigiau, cyrhaeddodd y cwch y traeth o'r diwedd.

Arhosai Jo amdanyn nhw ar y lan, a Twm yn ei hymyl.

'**Aethoch chi hebddo i!**' cwynodd yn ddig. '**Am beth cas i'w wneud!** Be weloch chi?'

'Dim byd. Does **neb** ar yr ynys heblaw am gwningod a brain,' meddai Siôn, gan lusgo'r cwch o'r dŵr.

'Sut mae dy ddant, Jo?' holodd Ani, gan sylwi bod boch Jo wedi chwyddo.

Ond doedd Jo ddim eisiau trafod ei dant. **'Mae'r deintydd wedi'i dynnu,'** cwynodd yn ddiamynedd. 'Taswn i heb fynd at y deintydd, byddwn i wedi gallu dod efo chi – a byddai Twm a fi'n *siŵr* o fod wedi **dod o hyd i rywbeth.'**

'Iawn, dos – a cer â Twm efo ti,' atebodd Dic yn flin.

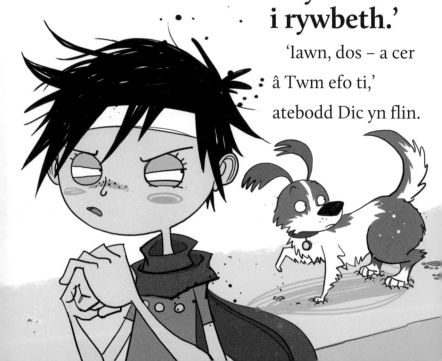

'Dyna'n union rydw i am ei wneud!' gwgodd Jo. 'Rydan ni am ddod o hyd i bwy bynnag sy'n cuddio ar yr ynys! Cewch chi ddod efo ni, os liciwch chi – ond dydw i ddim yn meddwl y byddwch chi fawr o help!'

'O, rydan ni am ddod,' meddai Dic, 'er mwyn dy glywed di'n ymddiheuro pan wyt **ti**'n methu dod o hyd i unrhyw beth, **chwaith!**'

Penderfynodd Jo fynd yn ei chwch ar ôl cinio.

Doedd o ddim yn bryd bwyd hapus iawn. Roedd hyd yn oed Mai, y cogydd, yn flin. 'Mi liciwn i wybod pwy sydd wedi bod yn bwyta'r **grawnwin** a'r **orenau,**' cwynodd. 'Mae **rhywun** wedi bod ar ei draed ganol y nos yn **llenwi ei fol.** A Jo – be wnest ti efo'r bag o fisgedi cŵn? **Fedra i ddim dod o hyd iddo fo** er mwyn rhoi cinio i Twm.'

'O, peidiwch â ffysian, Mai!' meddai Jo. 'Mae o yn yr un lle ag arfer – yn y cwt, efo bwyd yr ieir.'

'Nac ydi!' taerodd Mai yn ddig.

'Mi liciwn i wybod rhywbeth, hefyd,' meddai Jo. '**Pwy** sydd wedi bod yn **sglaffio** fy **siocledi** i?' Syllodd i'r bocs mawr. 'Mae hanner y bocs **wedi diflannu!'**

Ar ôl helpu Mai i glirio a golchi'r llestri, aeth Jo i'r cwt i chwilio am **fisgedi** Twm. Roedd Mai yn llygad ei lle – **roedd y bisgedi wedi mynd!**

PENNOD PUMP

Cyn hir, roedd y pump yn y cwch ac yn agosáu at yr ynys. Rhwyfodd Jo o'i hamgylch, yn craffu am bethau anarferol. Pwyntiodd at bentwr anferth o **wymon** brown ar y traeth.

'Sbïwch be ddigwyddodd ar ôl y **storm fawr** – mae'r holl **wymon** yna wedi'i olchi i'r lan.'

'Hei! Pam mae'r **brain** i gyd yn codi i'r awyr yn sydyn fel 'na? **Mae 'na rywun ar yr ynys!'**

Rhwyfodd Jo'r cwch i'r traeth bach. Neidiodd pawb allan i'r dŵr bas, a thynnu'r cwch i'r lan. Rhedodd Twm ar hyd y traeth, yn cyfarth.

'Bydd y sŵn yna'n siŵr o ddychryn unrhyw un sy'n cuddio ar yr ynys!' meddai Jo'n llawen. 'Dyna ti, Twm, **gwna di dwrw! Cer i chwilota!'**

Pan ddaeth y criw at lwyni ger y traeth, dechreuodd Twm sniffian o'u cwmpas yn frwd.

'Mae o'n arogli rhywbeth!' sylwodd Jo yn llawn cyffro. **'Be ydi o, Twm?'**

Ond doedd dim byd yno. Yna, gwelodd Ani rywbeth llachar ar lawr.

'Sbïwch – croen oren! Mae'n *rhaid* bod 'na rywun yma wedi'r cyfan! Nid ni adawodd y croen oren bore 'ma. A sbïwch – be ydi hyn?'

Edrychodd bawb at y llawr lle roedd Ani'n pwyntio. Plygodd Jo a chodi rhywbeth bach, bach o ganol y gwair.

'Hedyn – **hedyn o rawnwin!** Ydi hynny'n canu cloch i unrhyw un arall?'

'**Ydi!**' bloeddiodd Dic. 'Roedd Mai'n dweud bod rhywun wedi bwyta'r orenau a'r grawnwin. Ydach chi'n meddwl ...?'

'Na. Pwy fyddai'n dwyn ffrwythau ac yn mynd â nhw bob cam i'r ynys i'w bwyta?' meddai Siôn. 'Fyddai neb yn meddwl gwneud y ffasiwn beth!'

'**Be mae Twm yn ei wneud?**' gofynnodd Ani'n sydyn.

Roedd Twm yn crafu'r tywod yn wyllt gyda'i bawennau blaen ... ac roedd rhywbeth yn dod i'r golwg.

Cydiodd Twm ynddo â'i ddannedd,
a thynnu. Clywodd y plant sŵn rhwygo –
ac er mawr syndod i bawb, tasgodd
bisgedi cŵn
dros **bob man!**

PENNOD CHWECH

Doedd bosib mai'r rhain oedd y bisgedi cŵn
roedd Jo wedi'u prynu ddoe, a'u cadw yn y cwt?
'Ie, dyna nhw!' gwaeddodd Jo.
'Yr un fath o fisgedi'n union. Pwy ar wyneb
y ddaear fyddai'n dwyn bisgedi cŵn a'u
cario nhw yma – ac orenau a grawnwin – a
PHAM?'

'Ac roeddet ti yn llygad dy le, Jo,' meddai Siôn. '**Mae 'na rywun** yma. Ond sut maen nhw wedi cyrraedd yr ynys **heb gwch?**'

'**Mi gawn ni wybod yn ddigon buan!**' meddai Jo yn flin. 'Rydan ni'n gwybod bod 'na **leidr** yma!

Twm – ffeindia fo, pwy bynnag ydi o!
Defnyddia dy drwyn, Twm!'

I ffwrdd â Twm dros y tywod a'r creigiau at y fan ble roedd y **gwymon** wedi'i olchi i'r lan mewn **pentwr mawr** ar y traeth. Stopiodd Twm a sniffian.

'Mae o wedi colli arogl y lleidr!' meddai Jo'n llawn siom. 'Mae **oglau'r gwymon** yn rhy gryf.'

'Neu mae'r lleidr wedi dod mewn cwch pan oedd y **llanw'n uchel,** ac wedi hwylio o'r ynys pan oedd y môr ar drai,' meddai Siôn gyda gwg. **'Byddai'r arogl yn dod i ben yma, wedyn.'**

'Twm – dos i sniffian o gwmpas y traeth eto,' meddai Jo. 'Efallai y doi di o hyd i oglau arall.'

Sniffiodd Twm yma ac acw, gan chwyrnu'n flin bob hyn a hyn –ond fedrai Jo ddim deall y peth o gwbl.

Roedd Jo eisiau parhau â'r chwilio, ond doedd y lleill ddim yn cytuno. Os **nad oedd** Twm yn medru **dod o hyd** i'r lleidr, doedd **dim gobaith** i **unrhyw un arall!** Beth bynnag, fyddai o wedi dianc yn ei gwch ers tro.

Dychwelodd y pump i'r fan ble roedden nhw wedi gadael eu picnic o **fisgedi** a **siocled.** Syllodd Ani mewn syndod. '**Sbïwch!** Mae hanner y **bisgedi** wedi **diflannu,** a dau o'r **bariau** **siocled!** Fyddai'r brain ddim wedi gallu eu dwyn nhw mor sydyn!'

'Mae 'na **ddarn** o **fisged** yma – mae'n rhaid ei fod o **wedi cael ei ollwng!'** sylwodd Dic mewn syndod. **'Ond chlywais i 'run smic!'**

'Na Twm, neu mi fyddai o wedi cyfarth,' dywedodd Jo mewn penbleth llwyr. 'Rhaid bod y lleidr wedi bod **mor dawel â llygoden eglwys!'**

'Gad i Twm gael sniffian – mae o'n siŵr o glywed oglau,' meddai Siôn. **'Mae'r arogl yn ffres** yma!'

Brysiodd Twm o le i le, ei drwyn ar y ddaear – yna **stopiodd,** fel petai'r **arogl** wedi **diflannu!**

'Ond Twm – dydi arogleuon ddim yn dod i ben fel 'na!' meddai Jo, yn llawn syndod. 'Dydyn nhw ddim yn diflannu!'

'Mi gawn ni gip arall ar hyd y traeth,' awgrymodd Siôn. 'Wn i – beth am **adael bisgedi** a **fferins** yma, **a mynd i guddio?** Efallai bydd y lleidr yn dod. Mae'n amlwg fod ganddo **ddant melys!'**

'Syniad campus,' meddai Dic. 'Dewch, bawb, a ti, Twm, **ond dim smic,** cofiwch!'

Aeth pawb i guddio'n dawel tu ôl i'r eithin. Sbeciodd Dic unwaith neu ddwy, ond doedd neb **wedi cyffwrdd** â'r bwyd.

Yn sydyn, **chwyrnodd** Twm, a **llamu** o'r llwyn. Roedd **wedi gweld rhywbeth!**

Dilynodd pawb yn llawn cyffro.

Pwy oedd yno?

Neb!

Ond ar gangen **coeden** gyfagos eisteddai'r **lleidr** a **losin** yn ei law, yn cleber yn flin. **'Mwnci ydi o, mwnci bach!'** bloeddiodd Jo mewn syndod. 'Fo wnaeth **ddwyn** yr **holl bethau!** O ble y daeth o?'

'Bobol annwyl!' meddai Siôn. **'Am benbleth!** Be wnawn ni rŵan?'

PENNOD SAITH

'Wel, mae un peth yn sicr – byddai mwnci ddim yn medru cynnau tân na lamp ar yr ynys,' meddai Dic. 'Mae'n rhaid mai person wnaeth hynny, ac os ydi'r mwnci'n dal yma, **bydd ei berchennog yma'n rhywle hefyd.**'

'Dos i sniffian eto, Twm,' meddai Siôn. 'Efallai y cei di fwy o lwc tro 'ma. **I ffwrdd â ti!**'

Ond cyn i Twm symud modfedd, digwyddodd rhywbeth rhyfedd. Daeth **sŵn** o ochr draw'r ynys – **sŵn ci yn nadu'n ddigalon!**

'Brysiwch! Mae'n swnio fel petai o **mewn poen!'** gwaeddodd Jo. **'Brysia, Siôn** – **brysia, Twm!** Dyna'r hen udo 'na eto! Mae'n **rhaid i ni ddod o hyd** i'r ci 'na'n gyflym.'

Brysiodd y pump i gyfeiriad y nadu, a Twm yn gwibio o'u blaenau. Roedd o'n gwybod yn well na'r lleill fod y ci mewn trafferthion mawr. Roedd udo fel yna'n golygu **poen** ofnadwy, ac **ofn** hefyd!

Bellach, roedd Siôn o flaen y tri arall, ac yn agosáu at bentwr o **wymon** ar ochr draw'r ynys. Yn sydyn, bloeddiodd Jo, a phwyntio.

'**Dacw'r mwnci eto!** Mae o wedi'n gweld ni, ac **mae o'n ei heglu** hi!'

'Efallai y bydd o'n ein **harwain** ni at y ci!' gwaeddodd Siôn.

Gwibiodd y mwnci yn ei flaen, a Twm yn dynn ar ei sodlau. Daeth pawb at y traeth, a stopio wrth gyrraedd y **pentyrrau mawr** o **wymon**.

Gwyliodd pawb y mwnci bach brown wrth iddo neidio dros y creigiau a'r gwymon, gan osgoi'r pyllau dŵr. Dechreuodd Jo ei ddilyn, ond tynnodd Siôn ei gyfnither yn ôl.

'Na, mae'r **gwymon** yn llithrig. Mae'n rhy beryglus i ddringo dros y creigiau, ac mae rhai o'r pyllau 'na'n ddwfn iawn. Sbïwch ar y mwnci bach – i ble yn y byd mae o'n mynd?'

Cyrhaeddodd y mwnci **graig** oedd wedi'i **gorchuddio'n** llwyr gan bentwr o **wymon** gwlyb. Yna, **digwyddodd rhywbeth anhygoel!**

Symudodd y gwymon ryw ychydig, a daeth rhywbeth i'r golwg wnaeth greu syndod mawr i'r **Pump** dewr.

'Dyw'r peth ddim yn bosib!' meddai Dic.

Pen ci oedd yno – **ci mawr** brown a gwyn! Agorodd y ci ei geg ac **UDO!**

Ac yna digwyddodd rhywbeth annisgwyl arall! Ymddangosodd pen o ganol y gwymon, a gweiddi'n flin.

'Cewch â'ch ci o 'ma, ar unwaith – cyn i'm ci i **fynd ar ei ôl. Ewch o 'ma,** pob un ohonoch chi!'

PENNOD WYTH

Roedd yr wyneb yn dal i syllu allan o'i guddfan yn y **gwymon**.

'**Hei!**' bloeddiodd Siôn. 'Wnawn ni **ddim drwg** i ti. Mi allwn ni dy helpu di! **Tyrd allan** i ddweud beth sy'n bod.'

'O'r gorau, ond os trïwch chi 'nal i, bydd **fy nghi** yn gwylltio!' gwaeddodd y llais yn chwyrn. 'Mae o'n glamp o **gi mawr,** ac mi fedrith eich **cnoi** chi'n **ddarnau** mewn dim!'

Yna, o'r **gwymon**, daeth **bachgen blêr** a **gwlyb** i'r golwg. Tynnodd ddarnau o wymon oddi ar y ci ac ysgydwodd hwnnw ei gorff, ac **udo'n ddigalon** unwaith eto.

Bu bron i'r pump gael eu taro'n fud wrth weld y fath olygfa. Edrychai'r bachgen yn ofnus. 'Be wyt ti'n ei wneud ar fy ynys i?' holodd Jo yn syth.

'**Bobi Llywarch** ydw i, a dwi'n byw efo '**nhaid** ym mhentre Curig. Mae mam a 'nhad wedi marw, a dwi ar fy mhen fy hun, heblaw am **Sel y mwnci** a **Gel y ci.** Rydw i **wedi rhedeg i ffwrdd, dyna i gyd.**'

'Na,' meddai Ani'n fwyn. 'Nid dyna i gyd. Dyweda'r hanes, Bobi.'

'O wel, dydi hi ddim yn stori fawr,' aeth Bobi yn ei flaen. 'Mae Taid yn **casáu Sel** am ei fod o'n **dwyn o hyd.** Ac mae **Gel yn costio** ffortiwn i'w gadw ... ac mi wnaeth o frathu rhywun wythnos dwytha ... ac mae Taid yn dweud bod **rhaid ei ddifa.**' Dechreuodd Bobi grio, a chlosiodd y ci mawr ato a llyfu ei foch. 'Mae **Gel** yn **ffrind da** i **mi** – a fo yw'r unig un yn y byd sy'n **fy ngharu.**'

Rhoddodd Jo ei braich o gwmpas Twm. '**Dwi'n FALCH** dy fod wedi dod i **fy ynys i**,' meddai wrth Bobi. 'Mi gei di a Sel a Gel fyw yma os lici di. Gallwn ni ddod â bwyd bob dydd, a ...'

'Aros funud, Jo,' torrodd Siôn ar ei thraws. 'Paid â gwneud addewidion na fedrwn ni eu cadw. Be am fynd yn ôl i Fwthyn Curig a gofyn i dy fam? Bydd hi'n gwybod beth i'w wneud.'

'Wel, am hwyl! Cael ci arall a mwnci yn ffrindiau newydd i Twm,' meddai Ani. 'Bobi, sut ddois ti i'r ynys **heb gwch?**'

'Roedd hynny'n hawdd,' atebodd Bobi. 'Mae gen i **wely aer.** Hwyliodd Sel a fi ar hwnnw, a defnyddio **rhaw** yn lle **rhwyf,** a Gel yn nofio wrth ochr y gwely. Rydw i wedi claddu'r gwely aer yn y tywod fel bod neb yn ei weld o, ond **doedd gen i ddim bwyd,** felly ...'

'Felly mi wnest ti sleifio i'n cwt neithiwr, a chymryd bag o **fisgedi cŵn** i Gel, a **ffrwythau** i Sel,' atebodd Siôn ar ei ran. **'Ond be amdanat ti?'**

'Dwi wedi bod yn bwyta'r **bisgedi cŵn,**' meddai Bobi. 'Ac mi gymerais i **siocled,** hefyd. **Mae'n ddrwg gen i** am ddwyn eich bwyd. Wyddwn i ddim be arall i'w wneud.'

'Dewch – awn ni adref,' awgrymodd Siôn, gan weld mor oer, gwlyb a **llwglyd** oedd Bobi, druan.

Doedd Bobi ddim yn siŵr iawn beth i'w wneud, ond ddywedodd o 'run gair. Eisteddodd rhwng Twm a Gel, oedd yn ei lyfu'n ddi-baid. Un bywiog iawn oedd Sel y mwnci, a llamodd o un plentyn i'r llall, gan barablu'n frwd. Tynnodd hances o boced Dic, a smalio chwythu'i drwyn ynddi.

'Hei, dwi wedi **dweud a dweud,** dwyt ti **ddim** i fod i ddwyn!' dwrdiodd Bobi. 'O, ie – daeth Sel o hyd i **esgid** bore 'ma. Ai un ohonoch chi sy piau hi?' Ac aeth i'w boced i nôl **un sandal goch!**

Roedd Ani wrth ei bodd. **'O, fy sandal i!** Diolch byth – fydd dim rhaid i mi brynu pâr newydd wedi'r cyfan. Wel, am fwnci bach drwg!'

PENNOD NAW

Cafodd mam Jo syndod o weld mwnci, ci, a bachgen diarth yn dod i Fwthyn Curig efo'r criw.

'Pwy ydi'r rhain i gyd?' gofynnodd. 'Mae croeso i'r ci, Jo, ond dwi ddim eisiau mwnci'n rhedeg yn wyllt drwy'r tŷ.'

'Mi gaiff o **gysgu** yn y **cwt,**' awgrymodd Jo. 'Mam, dyma **Bobi** – mae o'n byw efo'i daid ond mae o wedi rhedeg i ffwrdd.'

'Bobi? Bobi Llywarch?' holodd Mrs Curig. 'Mae dy hanes di ym mhob **papur newydd**

heddiw. Mae dy daid yn **torri'i galon,** Bobi, ac yn **poeni'n ofnadwy** amdanat **ti.** Dwi'n siŵr na fydd o'n difa dy gi. Wedi gwylltio roedd o, ac yn siarad **heb feddwl!'**

Edrychai Bobi braidd yn ofnus wrth glywed Mrs Curig yn siarad mor bendant. Rhoddodd Jo ei braich am ei ysgwydd.

'Mam,' dywedodd, 'dwi'n siŵr y byddwn i'n rhedeg i ffwrdd petaech chi'n bygwth gwneud rhywbeth i Twm, felly dwi'n deall pam gwnaeth Bobi redeg i ffwrdd i'r ynys. Wel, dim rhedeg, ond hwylio!'

Cafwyd diweddglo hapus i'r cyfan mewn dim o dro. Ffoniwyd yr heddlu i ddweud bod **Bobi'n saff,** ac yna ffoniwyd taid Bobi i rannu'r newyddion da. Prin y medrai'r hen ŵr **ddiolch digon wrth** Mrs Curig – roedd clywed bod Bobi'n ddiogel yn **rhyddhad** mawr iddo.

Cafodd Bobi aros dros nos. Cysgodd ar y soffa yn y gegin, gyda **Sel** yn ei ymyl a **Gel** wrth ei draed. Yn y **llofft,** roedd **Twm** yn gorwedd **wrth draed Jo,** a hithau'n parablu am gyffro'r diwrnod.

'Sut mae dy ddant?' gofynnodd Ani, gan gofio am ddannodd Jo y noson cynt pan **welodd y golau** ar Ynys Curig.

'Dant? **Pa ddant?**' chwarddodd Jo mewn syndod. Roedd hi wedi anghofio popeth amdano. 'O, yr un gafodd ei dynnu! Mae bore 'ma'n teimlo **fel oes yn ôl!**' Rhoddodd ei thafod yn y bwlch rhwng ei dannedd. 'Dwi'n meddwl fod 'na un newydd yn tyfu'n barod. Hoffwn i gael dannedd fel Twm – rhai gwyn, cryf a ffyrnig. Mi liciwn i fedru sgyrnygu pan **dwi'n gwylltio!**'

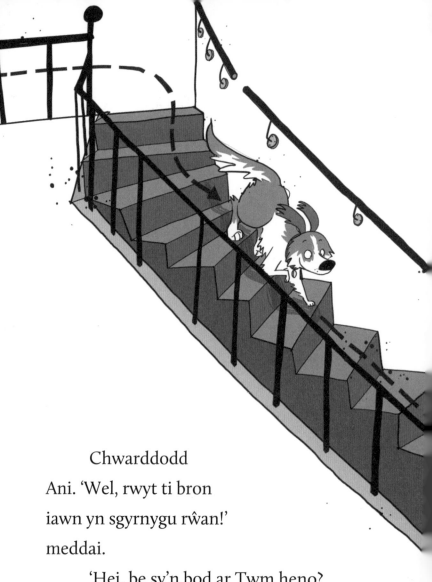

Chwarddodd
Ani. 'Wel, rwyt ti bron
iawn yn sgyrnygu rŵan!'
meddai.

'Hei, be sy'n bod ar Twm heno?
Mae o'n anniddig. Mae o wedi mynd at y drws
– efallai ei fod o eisiau mynd allan.'

'Mae o am **gael sgwrs efo Gel,**' esboniodd
Jo. 'O'r gorau, Twm. Gei di gysgu efo Gel yn y
gegin, os lici di.'

Brysiodd Twm i lawr y grisiau. Crafodd
ddrws y gegin a chododd Bobi i'w agor. Roedd
wrth ei fodd pan welodd Twm, a llyfodd y ci ei

law yn hoffus cyn mynd i orwedd gyda Gel, y ci mawr.

Cymerodd Jo un cip drwy'r ffenest cyn mynd yn ôl i'w gwely. 'Ani!' gwaeddodd. 'Dwi'n meddwl bod 'na olau ar Ynys Curig eto. **Tyrd i weld!'**

'Paid â gwneud lol!' atebodd Ani'n gysglyd. 'Dwyt ti ddim am i ni ddechrau'r antur yma eto, wyt ti? Mae hi WEDI GORFFEN, Jo. **Cer i gysgu.'**

Brysiodd Jo i'w gwely. 'Roedd 'na olau,' meddai, 'ond **seren wib oedd o'r tro** 'ma. Trueni! Byddwn i wrth fy modd yn cael antur arall – be amdanat ti, Ani?'

Ond roedd Ani'n cysgu'n drwm, ac yn breuddwydio am fwncïod, sandalau cochion, gwymon a chroen oren.

Gobeithio eich bod wedi
mwynhau'r stori fer yma.

Os ydych chi am ddarllen mwy am
helyntion y PUMP PRYSUR yna
ewch i atebol.com am fwy o
wybodaeth am y teitlau diweddaraf.